ESTRANGEMENT BY EXPECTATION

THE DOOM'S DAY LIBERATION

SUMEET KUMAR

Sumeet Kumar

Sumeet Kumar , A adult who experiences many phases of life , a well known writer and a writer of new era . In reality he is a writter as well as singer (as a hobby) and a standup comedian . Very exciting and interesting fact about him is that he is author of New era i.e. he starts his journey of writing at the age when he was going to schools to get the study . His streak of 100 books will be the great achievement for him in future. His some famous works i.e.

Maturity Of Love (Genre - Love),Privacy For Dream (Genre - Middle Class), Army Squad ofLove (Genre- The Seperation of Army Love), 5 Days of Love(Genre- Temporarily Love), Th e Endearment Of Love(Genre - Historical Era Of Love), Social Destruction Indo-Pak (Genre - The Story of The Love At The Time Of Division Of India And Pakistan), Middle Class Soul (Genre - The Dreams of Middle Class), The Accursed Kanatpur (Genre -The Horrific Story Of A Village), Wrong Number (Genre -The Suspenseful Physco Killer Story), The Secrecy OfDeadly Midnight (Genre - The Suspense About a Crime),Fragile Religious Of Death (Genre- The Death Of A TrustfulPerson), Nature Vs Science (Genre - The Future Battle Between Nature And Science In A Horrific Way), Generic Man (Genre - The Dream of I.I.T), The Unconsious 12 Hours(Genre - The Illusion At Stage Of Comma), The StrangeBurden (Genre - The Burden Of Love) , Her Existence (Genre- The Female Pain In The Society) , Jockstrap Prize (Genre -The True Story Of A National Athlete) , H Man [Hindi] (Genre - Superhero Tragic Story), H Man [English] (Genre - Superhero Tragic Story) , Maturity Of Love [Englsih] (Genre - Love) and many more are available on various geners on the offcial platform of **Amazon, Flipkart and Notionpress**. You can buy them from there.

Contents

ACKNOWLEDGEMENTS

Aman Kumar

Special Thanks to **Aman Kumar** who worked so hard in the preparation of this book. He has continually put with my passive voice, omission of words, and late night calls. You have been wonderful. Thanks to him for his precious time in reviewing proposals , individual chapters and early drafts, along with his suggestions on the applicability of the material to the world.

I

THE DREAM OF LOSS

Aaj jo bhi halat hai mere vo sirf meri wajah seh hai ,mujhe iski sahi wajah bilkul bhi nahi pata hai ,per khud ko kamjoor mahasoosh kar raha hun ,aisha lagta hai kuch log sath hokar bhi aaj sath nahi hai ,soch insaan ko badhati hai ,vo duniya mein jo bhi karta hai ,apni soch ki baudaulat hee karta ,cahe vo kaam ,ye kishi tarah ki kamai ,pyar ,rishte ,baateion ,yeha tak bhi burre bichar bhi ,mujhe ye nahi pata ki mein kaun hun ? kish mahatv seh ish duniya mein aaya hun ? per meri soch mujseh har waqt yehi keh rahi ki aab jeene ki fidrat utni lambi nahi hai ,per aisha kyun mahasoosh kar raha hun mein ,mere sath toh har vo saksh hai jisse mein pyar karta hun ,har vo umeed hai jo mere sapno ke ek nayi pechaan de sakti hai ,phir aisha kaun shi cahat hai jo mujhe har waqt meri seh mujhe alag kar rahi hai ,sarrer ke jalne ka baad uski ruhh bhi ushe chhod kar chali jati hai ,per log ye kyun kehte hai ki ish sarrer ki koi tulna hee nahi ki ja sakti ,iski koi iccha hee nahi hai aur na hee mahatv ,jab hamari khud ke sarrer ko alvida kehti hai toh kya vo hamare beigair apni saaseion le pati hai ,ki vo bhi kahi na kahi marg ki cahat ko apna leti hai ,jeene marna ye toh ush kismat ki parchai hai jo ush khuda ne banayi hai ,ek din mein kay khayal aate hai mere mann ke aandar ki agar ish duniya mein insaniyat hai toh havaniyat ki talim kisne di ,agar khusiyon ki cahat hai toh gamo ki baarisha kisne ki ,jo bhi ish waqt maujood vo sath kyun nahi hai ,pass rehne ki cahat toh karta hai dil per iski fidrta aajkal saaf kyun nahi hai ,mein jo sochta hun vo kabhi kar kyun nahi paata ,kya uski cahat ush waqt tak khatm ho jati jab ham uski taraf aage badhte hai ,yeh vo hamse kahi durr chali jati jiske baare mein ham kabhi sochte tak nahi hai ,kismat ko kya manjoor mein yee baateion nahi janta per jo bhi sayad aab uski khairat kuch sahi nahi hai .

ye kish tarah khamoshi har roj mahasoosh kar raha hun mein ,mujhe kishi aur ke sahare ki kya zarrorat hai ,mein khud bhi apne jeene ki khawish ko aage badha sakta hun ,ushe phir seh khud ke pass lautne ki riwayat manng sakta hu phir kyun aishi fidrat ko paal raha hun mein ,jinse mein alag rehna cahta hun ,durr rehna cahta hun ,apne sabd tak ko mein khud ke aandar khamosh karna cahta hun ,ushe mein sambhal kyun nahi pa raha ,kyun kishi ke taraf aage badhna hai ,jab un sab ne rishte todd diye hai ,kayi dhoke diye hai ,apni fidrat ko har baar badla hai ,toh phir mein kyun nahi badal sakta ,kyun unhi ki chinta karta hun jo mujseh durr jaana cahte hai ,mujseh alag rehna cahte hai .

itne dhoke khane ke baad bhi ,mein unke mohalle ke taraf kyun murr kar dekhta hun ,kya ye sahi hai ,kaun seh majbooriyan mujhe unke taraf geech rahi hai ,kya cahta hun mein khudseh ,har meri ruhh bash mujhe unse durr rehne ki salah deti hai ,phir bhi jab unke pass jata hun toh kuch keh nahi paata ,kyun aishi kaun shi sharafat mere hisse mein aakar kaid ho chuki hai jiski dalilo ne mujhe aparaaadhee maan liya hai ,khud ko galat samajh kar kayi baar marg ki cahat ki hai ,per ush khuda ne meri fidrat na toh kabhi ush khwaab kabool kiya hai aur na hee uski talim ki dorr mere hathon mein dii hai ,cahun toh khud seh behad durr ja sakta hun ,per kya ye sahi hai ?

har baar unhi logo ki chinta karta hun mein jo mujseh nafrat karne ki cahat karne lage hai ,mere peet peeche mujseh hee bagabaat karne lage hai ,kya galti ki hai maine mujhe nahi pata ,per haqqeqat mein sayad meri fidrat galat nahi hai logo ke liye ,kyunki beigairat jish saksh ne apni ruhh tak ush kathghare mein shammil kar liya hai ,aur kayi saval kiye hai usse ,uski fidrat sahi kaiseh ho sakti hai .

"BEIGAIRAT NA ISHQ

KI TALIM
MILI HAI
MUJHE
AUR NA
HEE
RAAHO
KI NUMAAISH
MUSHAFIR
TOH BANN
CHUKA
HUN
PER MANJIL
AAJKAL
USKE
BINA
KUCH
KHASS NAHI ."

mere halat aishe hai ki mein khud per bhi bharoshe ki cahat nahi kar sakta , sahi hun ye bhi nahi keh sakta ,aur iski wajah sayad mujhe ye bhi nahi pata ,har subha jab vo kirne mere cehre per parti hai toh unke sath hee kahi madhosh ho jata hun ,khud ko dhundne ki koshish karta hun ,unke peeche bhagta hun ,unse baateion karne ki koshish karta hun ,unke aane ki riwayat ko jaane ki cahat bhi karta hun ,per vo na toh batane ka zikr karte aur na mein puchne ki riwayat ko kabhi aage badhane ki sajish karta hun ,sab sahi hai zindagi mein ,vo logg bhi jinhe mujhseh nafrat hai ,aur vo log bhi jinse mein alag rehne ki har roj cahat karne laga hun ,mujhe nahi pata meri saaseion kab tak mere sath rahegi ,mujseh har waqt ye kaiseh saval karegi ,phir bhi puchna cahta hun inse kya ye mere sath chalne ko tayar hai ,mere en baateion kayi log aishe bhi honge jo mujhe pagal samjhane ki cahat karege ,aur ye sahi bhi hai unki har ek cahat sahi hai mere liye ,vo galat kabhi ho hee nahi sakte ,jo tumhe ushe aayne ki bina tumhari fidrat samjha de uski fidrat galat kaiseh ho sakti hai .

aajkal jish tarah ki khamoshi mein khud ke aandar mahasoosh kar raha hun ,kya ye zarrori hai ,kya iski khawish mujhe purri karni chaiye ,yeh ish khud seh sih kadar alag kar dun ki iski numaaish phir kabhi ho hee na ,meri ruhh mujhe ish kadar barbaad kar rahi ki mein ushe cahh kar bhi phir seh aabad nahi kar sakta ,mein khud ke aage hee tutt chuka hun toh khud ko sambhalne ki riwayat kaiseh karu ,samjah nahi aa raha kuch bhi ki kyun rukk jata hun har dafa ushi manjil per jaha meri zindagi mujseh hee durr chali jaati hai ,kyun chaiye mujhe rishte khud ko mehfooz karne ke liye ,mein akela bhi toh theek hun ,kya meri khushi kam parti hai meri ruhh ke liye ,ruhh bhi ek aishi mehbooba hoti hai jisse na toh ham kabhi khud ko alag kara sakte hai ush bewafa ki tarah aur na hee cahat kar sakte ishe khud seh durr karne ki ,kyunki jish din ye fanna samne aa gayi ush din marg sath mein hee hamari kismat ko lekar chalegi ,hazaro dafa khud seh keh chuka hun ki khatm ho chuki hai yaadeion ,phir aishi qafas ki cahat kyun kar rahe ho tum ,kya koi muraad aab bhi bakki hai ,log kehte hai ye zindagi ek hee baar milti hai ,sach kehte hai ye zindagi ek hee baar milti ye toh hash kar apne saare gam bhul jayo aur aage badhne ki koshish karo ,yeh har din ush taqleef ko seh kar ek jhuti tabusaam hassil kar ke uski yaadeion mita do ,mein khud seh ye bhi nahi keh sakta ki kuch din aur vo mehfil phir vapas aayegi aur vo khushyian bhi ,kyunki mujhe toh khud bhi nahi pata ki meri kismat kaun shi fidrta mujhe aage jakar dikhayegi

,aur afsoos karu bhi toh kishi khairat per karu ,ush mohabatt per jo maine khud ki khairat har waqt ush khuda seh maangi thi .

dimag ki nshe bash phati shi ja rahi ,sukoon ki cahat naseeb nahi ho rahi ,kya cahta hun khud seh ye har waqt khud seh hee puch raha hun ,khud hee jhakm ki cahat bhi kar raha hun ,aur ushe mitane ki riwayat bhi , en sab ke baad har waqt ek aishi umeed ko khud seh jodne ki koshish kar raha hun jo sayad purri hogi hee nahi ,cahu toh ek pal mein sab khatam kar sakta hun ,aur aage badh sakta hun ,per ye fanna bhi mujhe aab acchi lagne lagi hai ,ye khamoshi ,ye tanhaiye ,uski har ek yaadeion ,khud seh jodd kar bash khud ko sambhalne ki koshish kar raha hun ,ek saval jehan mein aaj bhi ki jab vo mere pass thi toh mere sath kyun nahi ,kyun mahasoosh nahi kar pata tha mein uski har ek fidrat ko ,kya lagab bhi ek jehar ka naam hai uski mehfil mein jishe maine peene ki koshish ki hai ,ye sab sunne ka baad sayad meri fidrat aab sab ko kuch theek nahi lag rahi hongi per haqqeqat batata hun mein koi devdas nahi hun ,aur na hee mujhe kishi paro ye chandramukhi ki taalsah hai ,aur na hee mujhe ushe nashe ki lat hai jiski aahosh mein akar mein apni jaan gava dun ,mein duniya ka pehla aisha insaan hun jo khud seh hee pareshaan hun ,baateion toh samajh mein aati hai per phir bhi hairaan hun ,dil ki fidrat har waqt daga de jati hai ,mein phir bhi khud ko thamne ko tayar hun ,koi mujhe samjhe ye na samjhe mein vo hun jo khud mein mahaan hun .

sayad mere sabd aap sab ko samajh mein nahi aa rahe honge ,mujhe ye baat pata hai ,kuch din pehle mein bhi inse durr tha ,khud ki ek exotic life ko jee raha tha aur sayad khush bhi tha ,phir meri zindagi mein usne entry maari jishe maine samjha ki vo duniya ki bhai best nari ,per kuch din baad hee khabar aayi ki vo toh hai duniya ki out of syallbus ki kahani .

mein apne life ki aap sab ko sad story pehle nahi sunana cahta ,kyunki mujhe pata ki aajkal hamari duniya mein iske kayi pange hai ,matlab trend chal chuke hai ,aur bahut saari khabre bhi apne isse related suni hongi ishliye mein aap sab ko ush dark world mein bilku nahi leke jane vala ,per uski bhi kahani bakki hai pehle side mirror toh dekh lo saare kyunki ye RIHAN RASTYOGI ki kahani hai ,aap sab bhi ye soch rahe honge ki mein aishe kyun baat kar raha hun ,kya kar per iski bhi ek kahani hai jo kuch waqt ke baad hee samne aane vali hai ,tab tak ke liye thoda seh intezaar ki numaaish hai.

waiseh aap sab seh toh mulaqat ki hee nahi ,na hee hamare sehar seh ,aur na hee ki baadiyon seh ,waiseh apne nahi ki per ham hee kar lete ,waiseh hamar naam ROHIT RASTOGI hai ,aur ham jinke baare mein aap sab ko batane vale hai vo koi aur nahi hamare sweet aur swami bhai hee hai ,matlab ham unke chotke bhai hai ,waiseh unki life hee purri comedy hai per kehte hai ek nayak ki zindsagi bilku ush chand ki tarah khamosh bhi aur single bhi ,per hamare bhaiye mein aishi koi baat nahi thi ,matlab vo khamosh toh rehte thhe har waqt per single aajtak nahi rahe ,sasura ham bhi kabhi sochte hai ki kaash hamari zindagi mein bhi koi phool barsaye ham bhi kabhi parki ki gaaliyon mein do chaar baateion kare aur har saphte candle night dinner per jaye ,per ka kare hamari umar thodi kacchi hai ,aur ma babu ji ke sapne bade ,aab unke baad toh ham hee toh sab dekhege na ,ishliye pyar ko moksh mann kar usse alag rehte hai ,per aishi baat nahi hai ko humko kabhi kishi seh pyar nahi hua ,ham bhi pyar karte hai ,per vo sirf kaju katri seh ,jo CHAAM PANDEY ki hoti hai vo bhi ishi nukar per har sham ko milti ,by god sacchi kahe toh kya jadu hai uske hathon mein ! ham khud ko sambhal hee nahi aate aur roj pauch kar do ek kilo toh kaju katri kha hee late hai ,ye baat aur hai ki pet mein acidity ki problem ho jati hai ,sasura cahat bhi na gajab ki cheez hai har waqt zindagi ko tabah hee kar ke jaati hai ,aur uska example toh hamar bhaiya ki hee zindagi dekh le , waishe ham bhi kuch lete hai itne bhi gavar nahi hai jo hamare mohalle vaale humko samjhate hai ,aur ma babu jii ki toh baat hee matt karo hamse ,sasur aaj tak toh hamari ijjat hee nahi hui hai ,har waqt sholay picture ke gabbar bann kar hamse yehi puchte rehte hai ki kitne paishe churaye tunne ,aur kitne paishe bakki hai ,aab aap hee bataiye ham koi choor dikhte hai ,are artist hai ham zara koi toh unke samjhayo, waishe apni ma ko ham bahut pyar karte hai ,kya kare mamta cheez hee aishi hoti hai ,agar zindagi mein koi daulat naseeb ho toh sirf ma ke pyar ki hee ho ,aur bakki toh aate jata rehte hai ,hame na toh kuch bada karna hai aur na hee bada banna hai ,phir bhi dil mein ek cahat hai ki marte waqt bhi hamari aankheion ke samne hamare ma babu ji hee dikhe tabhi toh ham upar jakar swarg ka aanand le payege , waiseh en baateion per zyada senti na ho ,kyunki abhi toh purri kahani bakki hai hamare hisse ki ,toh soch ki adalat ko yehi band kar ke ham apni dalile ko vapas lete hai aur jish manjil ki taalash hai jara uski har ek raaho ko purra karte hai ,kahir ish kahani ko sunne seh pehle ye ushe sunane seh pehle sabse ye gujarish hai ki kamjoor dil vale isse durr raaho aur khaaso vo log jinhe har do din per mohabatt ke kaate chub seh jaate hai aur vo har waqt apne aasyun bahate hai ,bakki zindagi toh jindbaad hai hee hai aur aage bhi rahegi ,per tab ke liye apni purri kahani toh suna de ham ,phir kahi waqt mile ye na mile .

“

YEHA
PARWAAZ
KI KHAIRAT
MEIN KHWAAB
BADAL
CHUKE HAI
KHUD KO
PAANE
KI ARDAAS
MEIN KAYI
HALAT
BADAL
CHUKE HAI
AUR
MAHROOM SA
TOH
HOKAR
MEIN
AAJ
BHI CHALNE
KO TAYAR
HUN
PER LAGTA
HAI
AAJKAL
UN GAALIYON
KE
CHAND
BADAL
CHUKE

HAI .

”

II

DEMAND FOR MISHAP

Kehte hai ish vo wajah hai jiske liye kayi log kurbaan ho chuke hai ,aur kayi aabhi bhi intezaar mein hai ki ye rog hame kab lage aur ham khud seh mukti kab paaye ,mohabatt toh loggo ko jeena sikhati hai na ,maine kahi suna tha ,per kabhi dekha nahi hai ,ye toh hamare mr.india ki tarah nikli jo acche kaam toh karti hai per taufe ke roop mein apni saal kabhi nahi dikhati ,waiseh naam khrab karne ki koi cahat hai hamari per kya kare udharn samet kuch lene ki gujarish thi ishliye naam prayog ki icch zarrori thi ,waiseh ye hamari kahani toh nahi ,ye bhi nahi keh sakte ke ki hamari hokar bhi hamari kahani nahi hai ,mere kehne ka matlab ki ye bhale hee hamari kahani hai per ham jisse jude hai vo hamare hai matlab hamare ghar ke dulare aur hamare babuji ke pyare bhi ,accha abhi tak aap log samajh nahi paaye ki mein kiski baateion kar raha hun ,aree oo koi aur nahi balki hamare priya pujya bhai RIHAN RASTYOGI hai jinhone bachpan seh lekar aaj tak koi kaam galat kiya hee nahi ,aur ek hame dekh lo bilkul topa hai ham ,joo har waqt galat kaam karte hee rehte hai ,aishi baat bilku nahi hai ki ham sharif nahi hai per kya kare kishi ko aati nahgi aur hamari dubhida kabhi jaati nahi ,pehle bata dete hai ki na toh ham toger shroff ke fan hai ,aur na hee ham unko jante hai ,per unke papa hame acche lagte hai ishliye ham bhi unhe behad pasand karte hai ,khair ye baateion toh hoti rahgei ,usse pehle ham apne bade bhai rihan rastyogi ke baare mein kuch jahir toh kar de aur apne parivaar ke baare mein ,waishe hamare parivaar ki lambai kaffi hai ,hamare kehne ka matlba hai kaffi naam kamaya hai hamare babuji ne ,kye kare unki bhi isme koi galti nahi hai,kyunki ham kaam hee aishe karte hai ,matlab hame bhai sahab RIHAN RASTYOGI ki baateion kar rahe hai,kyunki unhone aishe kaam kiye jo vhi kar sakte hai jo bilku kitabi keeda ho ,toh suniye ham unhe kitabi keed akhe bolte hai ,pehli baar jab hamre babuji ne hum dono ka admission karvaya toh kuch mahine baad hee hamare bhai sahab ush vidalaya ke shikshak bann gaye bann gaye ,matlab itni jaldi kaiseh ? dimaag ko confused state mein laane ki koi zarrorat nahi hai ,ham bata dete hai ,ki vo ek chhatr seh shikshak kaishe bann gaye ?

toh baat kuch aishi thi ki hamare bhai sahab ko padhne ka bada mann tha vo bhi bachpan seh hee ,aur baujii unhe pehle seh kaffi pasand bhi karte thhe kyunki vo unke pehle bete bhi thhe ,aur layak bhi har ek cheez ke liye ,aur rahi baat hamari toh ham unke bilku opposite thhe per aishi baat bilkul nahi hai ki hamare babu jii hamse pyar nahi karte thhe ,vo hame utna hee pyar karte thhe jitna ki hamar bhai sahd rihan rastyogi seh karte thhe ,babujii ye baat acchi tarah seh jante thhe ki agar unhone rihan bhai ko acche seh padhaya toh vo ek din bahut bade aadmi bane ge, per aap sab bhi ishi baat ko apne mann ke aandar chupa kar ye soch rahe honge ki agar unki aishi iccha kuch ajereb lag rahi hai hame ? ladke ko toh shiksha milti hai toh hamre babujii ne aisha kyun socha ki vo apne bete ko padha likh kar ek accha insaan banayege , aishi baat nahi hai ki hamare babujii ke pass paishe ki kami thi ,paiseh toh itnbe ki hamare aath puste bhi baithkar khaye ,per vo ijjat nahi thi ,jo hamare babujii bachpan seh cahte thhe ,iske peeche bhi ek lambi kahani hai ,per sunayege zarror ,toh kaano ki peti khol le ,aur hamare purvaazo ke baare mein jada najar utha kar dekhe ki unhone ne akhir aishe kaun seh kaand kiye hai jiski wajah seh hame daulat toh mili per ijjat bilkul rakh ke barabar .

Toh ye kahani 1966 ki hai ,jab hamare dadajii AMAL AZAD TYAGI jinda thhe ,bada khauf tha unka hamare sehar mein , log bada darte thhe unse kyunki ush waqt vo kishi sangathan ke mukhiya hua karte thhe ,aur vo koi mamuli mukhiya nahi thhe ,na hee kishi gaun ke mukhiyan thhe ,vo ek aishe sangthan ke mukhiya thhe jinke naare hee kaffi thhe vha ke loggo ko darane ke ke liye

,aur kauf ko jari rakhne ke liye ,waishe baat ko ghumane ki koi zarrorat nahi hai per ham bhi kya kare ,hamne kabhi socha hee nahi tha ki hamare dadajii itne diler insaan thhe pehle aur bahadur ki toh baateion hee na kare ,kyunki hamare babujii kehte hai ki unhone ek sinh ko vo bhi jinda marr giraya tha vo bhi apni KAVERI ki madad seh ,waiseh naam seh toh sudh thhe inke kaam per vichar seh bilkul alag ,matlab kaveri na toh koi nadi ki dharna hai aur na hee ek mitr ki ,dadajii kabhi bhi apni kaveri ko khud seh alag nahi karete thhe ,vo kehte thhe ki jish din ye tutt gayi ush din mano hamari saasseion bhi choot gayi , ishliye hamare dadajii kabhi bhi apni kaveri ko khud seh alag nahi rakhte thhe , waiseh vo jish sangathan ke mukhiya thhe ,unka ek hee naara tha aur uske bol kuch ish tarah seh thhe " LAHU BAHAYO AUR DHAN KAMAYO " matlab toh kaan ke paale per hee gayi hongi aap sab ke ,kyunki jab hamare bauji ne hame ye baateion vo bhi hamare dadajii ke baare mein batayi thi ,toh hamne bhi ushi din soch liya tha ki ham bhi apne dadajii jaishe phantom insaam banege aur ek maahan sangathan banayge ,per kya kare kismat ko hee ye aabadi manjoor nahi thi hamari , aishi baat nahi hai ki vo gareebo ke lahu nahi bahate thhe ,vo unke bhi lahu ushi maatra mein bahate thhe jitne ke amiro ke per vo bhi kishi dhoke ki wajah seh ,unka yehi mann atha ki zindagi jindabaad tabhi rehti hai jab dhokebaaz ki suraag aur chiraag dono kam rehti hai ,unke sath jitne bhi logg thhe vo dadajii seh behad pyar karte thhe aur unhe apna sardaar mante thhe aur dadajii ne bhi unka sath kabhi nahi chhoda ,vo bhi unhe apne parivaar ki tarah palte aur unke baache ko padhate bhi ,kyunki vo ek mahan vidyata thhe vo bhi ganit ke vo toh unke halat kuch ush waqt thhek nahi thhe aur ek aishe haadse ki khairat ush waqt unke aankheion ke samne seh hui ki unki ruhh na cahte hue bhi badalne per majboor ho gayi ,per iski sachai kya ,ya na toh ham jante hai aur na hee hamare babuji na hamse kabhi jikr kiya hai ,vo kabhi bhi apne aadmiyo ka sath nahi chhodte thhe ,jo unke liye nishthaavaan thhe dadajii unke liye jaan bhi de sakte per jo unke ke liye nishthaavaan nahi thhe unke liye toh unki kaveri hee kaffi thi ,waiseh hamne unke sarre ke baare mein toh bata diya per unke jaan ke baare mein toh koi charcha hee nahi ki ,kaveri hamari dadima ka naam tha ,jinse hamare dadajii bilku romeo juliet ki tarah pyar karte thhe , waishe inki kahani ne tab morr liya jab ,dadima ke babujii ne hamare dadajii ke babujii ki ghor beijati ki ,kyunki unke pita ji ush waqt ek lohar thhe aur hamari dadi ma ke pita jii ek sonar thhe , matlab uparvale ne bhi kya jodi banayi thi inki aur inke parivaar ki ek taraf "lohaar" toh dusre taraf "sonar" ,matlab agar aankheion seh agar inke peshe parkhe jaye toh inme koi aantar ki cahat nikalne ki koi wajah hai hee nahi jo samne lay jaye ,kyunki mehanta ke kaam toh dono karte hai ,ek khoj ki toh dusre aur banabat ki ,phir bhi bhiaya ! hame purri kahani toh nahi pata per jitni hee utni hee bata sakte hai aap sab ko ,aur rahi gunjayish savalo aur javabo ki ,toh vo tabhi purri hongi jab inki kahani aage badhegi ,khair jab dadi ma ke pita jii ne hamare dadajii ke pita jii ki beijaati ki thi ,ushi din dadajii ne ye soch liya tha ki vo dadi ko tabhi apne ghar layege jab vo unke kabil ho jayege aur unhe sone ki doli mein baithakar layege ,per kish tarah ye na toh unhone khud ko bataya tha aur na hee apne pita jii ko ,aur isse pehle vo apne pita jii ko kuch batate usse pehle hee vo swarg padhar gaye vo bhi CHOLERA ki bimari seh , en sab ke baad hamar dadajii ke sapne toh tutt gaye per unki manjil aab bhi unki KAVERI mein fashi hui thi ,jinse vo behad mohabatt karte thhe matlab hamari dadima ,jab ye baat dadima ko pata chali tab vo ush waqt dadajii seh milne hee aa rahi thi ke unke pita ji ne unhe rauk liya aur uske baad kyi saare vaade niobhane ko kahe aur vhi purani nautaunki jo har chauthe ghar mein ek ladki ka baap karte hee hai ,ki agar tumne hamar dehlij langhi troh tum hamare mara hua muhh dekhogi ,iske baad kya tha dadi ma thodi senti hui ,aur unhone ush din hee apni dehlij ke andar dam tod diya ,matlab aatma hathya kar dii ,iske baad jish yudh ki sururaat hui ,vo toh kuch aishi thi jishe kehne mein bhi mere alfaaz thode ghabra rahe hai , jab dadajii ko ye baat pata chali ki unki kaveri aab ish duniya mein nahi hai ,toh jish krodh ki aandhi unke aandar ush waqt pal rahi thi vo bhi samaj ko lekar ,akhir usne apni seema todd hee di ,aur jo nahi hona tha akhir mein vhi cheez hui ,mujhe nahi pata ki ye baat kitni sahi aur kitni juthi per ishe kehne ki cahat hai mujhe jo mein kehna cahta hun ,mohabatt vo deewar hai na jo har ek saksh ko havaniyat seh durr rakhti hai per jish din iski seemat tutt gayi ush din havaniyat bhi hamare samne tandav karti hai ,dadajii ne kabhi nahi socha tha ki vo ek darinde banegte ,per kismat ki seema sayad ush unki mohabatt ko bacha na payi aur na cahte hue dadajii vo kar baithe jo sayad ush waqt sahi nahi tha ,waiseh sach kahu toh dadajii ki kishi seh pehle koi dushamni nahi thi ,per jish din unki kavri ki maut hui matlab meri dadi ma ushi din unhone ye pran liya tha ki vo unke doshi ki gardan kaat kar vo bhi ushi dehlij mein taanga dege jaha unki kaveri ne akhiri pal bitaye thhe ,aur vhi haqqeqat bhi thi ,mere kehne ka matlab hai dadajii ne vhi kiya jo unhone kaha tha ,per akhir mein dada jii ne kiski bali chadayi ?

ish saval ki koi sahi seema nahi ,kyunki dadi ma ne kabhi khudhkhushi nahi ki thi ,ye dadajii jante thhe ,per agar unhone ne khudkhushi nahi ki toh unki maut ke jimmedaar kaun hai ,kaun hai unke doshi?akhir dadi ma ki maut hui toh kaiseh hui ,aur unhe maara kisne ?

dadajii ye baateion bilkul nahi jante thhe ki unki kaveri ki hatya kisne ki ,per unhone un sab se badla jiski soch mein unhe har waqt pareshaan kar rahi thi ,matlab meri dadi ma ke pita jii ki bhi ,aur unke purre parivaar ki bhi ,per sayad mujhe ye baateion nahi sacchi nahi lagti ,per iski sacahi kya hai aaj taka na toh babujii ne kabhi batayi hai ,aur na hee maine kabhi puchne ki himmat ki hai ,dadajii ki maut bhi kaishe hui iski sachi seh ham abhi kaffid urr hai ,kyunki jab bhi ham apne babujii seh ye puchte hai vo hame topa kehke ye toh bhaga dete hai ye hamare peeche apni paucxhalika ko lekar sath mein hame peetne ki koshish karte ,aur ham har baar uki najron seh ojhal ho jate aur unke koi kaano khabar nahi lagti .

abhi jaane ki firak mein hai toh maaf kijiye abhi kahani adhuri hee nahi ,bahut adhuri hai ,kyunki hamne toh abhi kadam hee rakha apni mehfil mein purri kahani toh abhi chand seh bhi durr hai .

hame pata tha ki dadajii ke baare mein hamare babujii humko kabhi nahi batayege ,ishliye hamne socha ki ham kahe nahi apni amma seh iske baar vichar kare jinka naam SEEMA RASTYOGI ,jo ki hamari jaan hai ,hamari chhoti shi duniya ki sabse important insaan bhi ,aishi baat nahi hai ki humko angrezi nahi aati hai per bolne mein sasura hamari javan larkhrati hai ,ishliye ham nahi bolte ,jab ye baateion hamne apni amma seh puchi thi unhone bhi dadajii ke baare kuch khass baateion nahi batayi bash unhone itna kaha ki hamare sasurjii aur tumhare dada ki bhi maut vhi hui jaha unki kaveri ki maut hui thi ,per ek aur saval ki qafas abhi bhi humko pareshaan kar rahi hai ki akhir unki maut ho gayi toh hamare babujii kiske bete hai ,kyunki babujii ne toh apni amma ke baare mein kuch nahi bataya humko ,matlab hamari dadi ma ke baare mein ?

"KI TERI
HAR EK
AZMAT
PER
AEE
KHUDA
AAJ MARNE
KI KASME
KHAYI
HAI HAMNE
PER TUJSEH
BADLE
MEIN EK
GUJARISH
HAI
KI AGAR
AKHIRI
WAQT
RAGHBAT
HO BHI
TOH TERI CHAUKAT
SEH
HO
KISHI
KI
MOHABATT
SEH NAHI .

”

III

THE CLAMOUR

Waiseh hamari life mein toh kayi u-turn aaye hai ,per jo ye vala tha sayad vo kuch zyada hee tha ,matlab jin rasto seh ham bachapn seh durr bhagte aate hai akhir mein vhi hamari manjil bann kar hamse vo bhi samne aakar takrati hai ,aur hamari zindagi mein toh aishe kayi manjil aaye bhi aur gaye bhi ,per ish baar RIHAN RASTOGI ki life ne aisha u-turn maara ki vo apni pechaan hee bhul gaye

,matlab hamare bhai jaan jo ki bachpan seh scholar thhe ,aab double scholar bann gaye toh bhi kishi ke pyar mein .

toh aath saal pehle peech chalne ki aab sab seh thodi gujarish ki ,akhir ush din unki zindagi aishi kaun shi fanna ne dastak di ki abhi taki unki zindagi seh jaane ka naam le hee nahi rahi hai , maine pehle hee bataya tha ki dadajii ke black status ko matlab burri parchai ko durr karne ke liye aur hamare parivaar ki khoyi ijjat lane ke liye hamare babujii ne ham dono ka admisson ushi school mein karvaya jaha seh unhe umeed thi ki ham kuch bada bann kar hee aayege ,per jo maine kahani suni thi matlab apne dadajii ke baare mein ,toh mujhe toh aishi koi baat galat nahi lagi ki unhone apne dusmano ko maar kar kuch galat kiya ,akhir unhone unse unki mohabatt cheeni thi toh badle ki cahat toh lajmi thi mere khayal seh ,rastyogi parivaar logg bahut pehle seh na pasand karte thhe ,kyunki dadajii ne kishi bramhan ki bhi hatya ki thi aur kyun ? thi iski wajah seh toh ham abhi anjaan thhe ,waiseh sahi kahe toh khauf tha hamara ,logg darr kar hamare babujii ki ijjat ishliye karte thhe kyunki babujii ne kayi kand kiya thhe ,waiseh mein agar apne baare mein kuch batayun toh ye seema phir seh dohrayi jaygei kyunki hame bhi apne dada jii tarah he banna tha ,bilkul nidar ,per hamare babujii ye bilkul nahi cahte thhe ishliye unhone vo aagan bhi chhod diya jaha dadajii ke nafs ne dam toda tha ,matlab jaha dadajii ki maut hui thi ,per kehte hai bhavishya ki cahat badal sakti hai per ateet ki parchai nahi ,waiseh aab rastyogi parivaar ki purri kahani suru hone vali hai toh kripya kar ke apni bash ki petiya bandh le kyunki jish safar mein ham niklane vale hai vo parwaaz ki bhumika ada karne ke liye aap sab ki zindagi ko uthal puthal karne ja rahi hai .

MANDERA CHUNGI ALLAHABAD NOVEMBER 2002

matlab aaj ka din ,jab mein aur rihan bhai apne kartavya ko nibhane ke liye ek aishe safar per nikal chuke jaha mujhe na toh meri manjil dikh rahi aur na hee uske raste ,per hamare rihan bhai jinki khushi ka koi thikana nahi ,waishe ham dono ki umar sirf teen saal ki seema hai ,matlab aantar hai ,mein apne ghar mein sabse chhota toh nahi per bada bhi nahi hun ,matlab mere savari beech mein hai ,mujseh chhote bhi ek sehjade hai jinka naam KARTIK RASTYOGI hai ,matlab hamar duniya e ye vo sehjade hai jinke nakhre itne hai ki tauba ham kuch keh hee nahi sakte ,per hamare babujii ki jaan basti hai inmein kyunki chhote jo hai ,khair aage badhte hai aur dekhte ki pehle hee din ki sururaat akhir hui kaiseh vo bhi ush vidya ki pathsala jaha mere jehan ki iccha har waqt ye javab de rahi thi aab bhaag chal ,aab nahi seh sakte mein ye dard ,kyunki kuch baat hee aishi thhe ,kyunki mein vha naya tha ,aur meri dosti bilkul nahi thi kishi seh ,aur jinse thi vo kahi aur thhe ,bachpan seh phatom banne a itna saukh tha ki har waqt apne pocket mein ek hathyaar lekar hee ghumta ,kyunki mujhe dadajii ki tarah banna tha ,per mein ye bhul chuka tha ki dadajii ek acche chhatr bhi thhe vo bhi ganit ke ,aur dusri taraf meri toh baat hee alag thi ,kyunki paale hee na parti hee angrezi mujhe ,agar mere bash chalta toh mein ganita ko hee ish duniya seh nishkashit kar deta ,jaishe ki pehle bhi kayi schools aur nunke managment ne kiya tha mujhe ,aur iske peeche bash ek chhoti shi wajah thi ki mein apne schools bags mein kitabe kam aur hatiyaar zyada lekar jata tha ,aur vo kish tarah ke hatiyaar thhe vo aap sab samajh hee rahe honge ,mujhe bachpan seh bada shauk tha ki logg mujseh bhi dare ,mera bhi khauf ho ,per kay karu kabhi kishi ne serious liya hee nahi ,pehle toh meri zindagi ne ,uske baad mere babuji ne aur en sab ke baad purre samja ne ,ishliye dadaji ke jitne bhi hatyaar thhe mein unhe apne sath hee rakhta tha vo bhi sabki najron seh chupa kar ,per vo kehnat aajkal ke jamane mein kishi ki mehnat toh chupayi ja sakti hai per kishi ki chhori bilkul nahi , aath school seh nikalne ke baad ,ye mera nauva school tha jaha na toh meri soch kishi seh milti thi aur na hee meri baateion ,khair RIHAN bhai toh pehle din hee ush school mein settled ho chuke thhe aur sab ki najron mein scholar bhi ,jalan ki koi baat nahi thhe kyunki rastyogi ki ye pechaan thi ki hama aapas mein kabhi nahi ladte thhe ,ishliye mujhe na toh unke farogh seh koi dikkat thi aur nee unki cahat seh ,mein unki baateion toh bata raha hun matlab unki purri kahani per haqqeqat ye ki en 17 saalo mein unhone ne mujseh kabhi baat hee nahi ki ,aur iske peeche kya wajah hai mein khd bhi nahi janta ,vo hamare ghar mein sabse bade hai aur cahite bhi jaisha ki maine pehle bhi zikr kiya hai , kehte hai ek acche insaan ki acahi hee ushe marr dalti hai per mere hisse mein toh dono ki khairat barabaar thi ,achai ki bhi aur burai ki ,babauji hame bhale hee har waqt peeta karte thhe ,daat thhe ,per unhone kabhi mujhe mahasoosh hone diye ,jab bhi do baateion kehte toh khud bhi rote aur hame bhi rulate ,matlab hamare rishte bilkul beyond vigyan thhe ,kayi baar toh log ye bhi bolte thhe ki mein unka apna beta hun hee nahi ,sayad ye baat galat ho sakti hai per mahasoosh ham bhi karte thhe ,khair mere rishte jaishe bhi thhe mere apne thhe aur apno mein koi naragi nahi hoti .

waishe rihan bhai purre school mein ishliye sirf prasidh nahi thhe ki vo ek scholar thhe ,unhe aur bhi kayi cheeze aati thi jiski wajah seh log unki ijjat karte thhe aur hamse durr rehte thhe ,wasieh saare teachers unhe kaffi pasand karte thhe ,koi bhi aishi assembly nahi gujri hamari jaha hamne unki tarif na suni ,har din ,har waqt aur har kishi ke alfaaz mein absh yehi sab gunjte thhe rihan jaisha student koi bhi nahi hai ish purre school mein ,mujhe ek haadse ki wajah yaad aa rahi hai jo mujhseh behad judi hai aur rihan bhai seh bhi ,bhale hee hamari baateion bilkul nahi hoti thi per jish naam ki pechaan seh vo purre school aur hamare mohalle mein prasiddh thhe ,ushi naam ki pechaan mein ham dusri taraf badnaam thhe ,har koi yehi bolta ki rastyogi ke teen ladke hai ,jisme do toh theek hai per ek saitaan hai ,toh jish haadse ke baare mein zikr karne vala hun vo kuch ish tarah seh thi , jab mein galti seh ush school ke principal seh takra gaya ,aur unse aisha takraya ki unki taang hee tutt gayi ,uske baad jo uljhan hui vo kuch ish tarah seh thi .

CONVERSATION

"

***ME** : oh sorry sir ! mein apko chhot nahi pauchana cahta tha maff kijiye ga mujhe kishi aur dhakka diya hai ,aap theek toh ho na .*

***PRINCIPAL** : ullu ke patthe tumne mere pau todd diya (wepping mode) oh amma , mein tumhe ish school seh nikal dunga ,tum bilkul gadhe ho kya dekh kar nahi chal sakte ,insaan ho ye haivaan tumhari aannkheion mein motiya bind ho gya hai kya ,ek tumhara bhai hai jo purre school mein prashidh hai apni padhaiye ko lekar aur dusri taraf* *jo jo sudharne ka naam hee nahi le rahe .*"

sach kahu toh maine jaan bhujkar bilkul bhi aisha nahi kiya tha ,per unke alfaaz jaishe mere nikal rahe ,mann toh kar raha tha ki jaan bhujkar hee todd dena chaiye tha ,per kya kar sakte aab jo cheez pehle seh hee tay hai ham ushe badal nahi sakte na ,na cahte hue bhi maine vo kar diya jo mujhe nahi karna chaiye tha ,en school ke jitne bhi staffs thhe aur bacche thhe vo sab ek jut ho gaye aur vhi baateion bolne lage jo mein bahut pehle seh sunte aa raha tha ,per ish baar meri thodi satak gayi thi ,ishliye mein vha seh bhaag gaya vo bhi bina bataye ,kyunki mujhe pata tha ki aage kya hone vala ,babuji ki vhi pitayi phir gusse vali najron ,aur phir ush school seh mujhe niklana ,phir kishi dusre school mein shift kara ,ye sab janta tha .

rihan bhai bhi vhi kahde thhe per unhone ne kuch bhi nahi kaha ,vo bash vha sab ki baateion sunn rahe thhe aur sabki mein ha mein ha mila rahe thhe ,mein vah seh bhaag toh gaya per jald hee ghar bhi laut gaya kyunki sham ki bhook seema ke paar chali gayi ,ishliye na cahte vhi bhi mujhe jaana para vha ,per ish baar babujii ne hamse kuch kaha hee nahi aur na hee amma ,matlab ye kaun shi khamoshi thi unki jo mere jehan mein ek jehar bann kar mujhe taqleef de rahi thi,hamne amma ne baat karne ki koshish bhi ki ,per unhone ne kuch javab hee nahi diya .

ush din do baateion samjah mein aayi ki jo chhot marr sa na lage vo chhot apno ke muhh morne seh lagti hai ,babuji hame hamesha samjhate thhe jab bhi ham koi galat kaam karte thhe ,per jish din hamne hamare principal ka pau toda ush din hamne kuch aur bhi kiya tha vo bhi samne jo na ham khud seh jahir karne ki gushthaki kar sakte hai aur na hee hee apnane ki , per ush din ke baad meri ruhh ne ye mann liya ki mein galat hun ishliye ush din ke baad mere vo sapne bhi thhe ye haqqeqat maine ushe chhod diya ,aur vo ghar bhi ,kuch raste aishe bhi hote hai jo manjil ki taraf toh jaate hai per kabhi unse waqif nahi karvate ,mein janta tha ki jish daag ko hatane ke liye babujii ne itni mehnat ki hai ,mein ushe aur badhane ki koshish kar raha hun ,vo akhir aishi raat thi jish din na toh mujhe neend aayi aur na hee sukoon ,kyunki jab unki daat parti thi na toh saare jhakm bhi malham ki tarah kaam karte thhe ,per jab ush din unhone mujseh na baateion na hee mujhe samjhya ,aur na hee mujseh kuch pucha ,ishliye mein samajh agaya tha ki ish baar taqleef ki riwayat hee kuch aur hai ,mein vo ghar ishliye nahi chhodna cahta tha ki mujhe azadi chaiye thi ,mein ushe ishliye chhodna cahat tha ki babuji ko hamari wajah seh koi dikkat na ho ,ishliye ush din unke do hee bete hai ,pehle hamare rihan bhai ,aur dusre hamare ghar ke chhote sehjade .

ush din ke baad lagbhag aaj purre paanj saal ho gaye ,hame kuch baan tha ishliye hamne vo chaukath chhod di thi per jab vapas laut kar ham un gaaliyon mein toh unki hava bhi purri tarah seh badal chuki thi ,aur jsih ghar ki chaar deewaro mein hamare aashiyana hua karta toh uski dor bhi en hathon seh chooth gayi ,mein ye baateion kyun keh raha ,kya matlaba hai en baateion ko vo sayad aap sab ish raheshya seh kaff durr honge ,per haqqeqat kuch aishi hee hai ,jab hamne ghar vapas laute toh vha kuch bhi nahi tha ,na hamare babujii ki dukan thi ,aur na hee vo ghar jisse mere bachpan ki yaadeion judi thi vo sab ek pal mein gayab ho chuki thi vo bhi en aankheion seh ,per akhir kaun shi fanna mere jaane ke baad ush ghar mein aayi ke uske chirag hee mitt chuke ,maine sab seh puchne ki koshish bhi ki per kishi ne koi javab hee nahi diya ,iske baad mein apne school bhi gaya phir bhi vah kishi ne javab nahi diya ,unhone ye manne seh hee inkaar kar diya ki rihan naam ka ladka bhi koi padhta tha yeha ,aur mere bhi records nahi thhe ,en paanj saalo mein akhir aishi kaun shi bagabat mere parivaar ke sath hui hai ki unke wajood ki ek chhoti seh pechaan bhi mere aankheion ke samne dikhayi nahi de rahi ,kay vo theek hai ? mujhe ye bhi nahi pata tha ,agar mera parivaar theek hai toh vo sab hai kaha ,babujii ,amma,rihan bhai ,aur sehjada ? raheshya ki khairat kuch lambi hai aur meri kahani abhi purri hokar bhi kuch adhuri hai,kish fanna ki cahat mein meri khushiyan mujseh durr chuki ye bata toh nahi sakta kyunki raaste toh kayi dikh rahe per meri manjil aab bhi ek hee hai ?

"BE-SHUMAAR
FAANA MILI
HAI MUJHE
USH FURQAT
SEH

JAHA
MAHROOM
BHI
MERI
HEE SAASEION
HUI
AUR
ITTIFAAQ
SEH
TAGHAFUL
BHI.

WAQT KE
SATH
RISHTE
BHI BADAL
CHUKE HAI
AAJ
AUR JISH
MEHFIL
MEIN
HAMARI
BAATEION HUA
KARTI THI

AAJ UNKI
CHUKATH
BHI
HAME
DEKH
KAR
APNI RAAHE
BADAL
LETI HAI .

”

Jazmin

EDITION : 1

9 798886 842050

Printed by Libri Plureos GmbH in Hamburg, Germany